KB176410

푸른
시인선
003

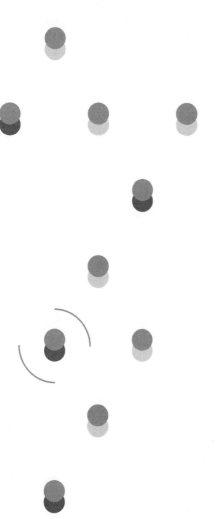

그가 내 시를 읽는다

이복자 시집

 푸른사상
PRUNSASANG

그가 내 시를 읽는다

자유인이 된 기념으로

36년의 공직을 명퇴했다.
이렇게 큰 해방감이 다가올 줄 미처 몰랐다.
생각이 마음대로 쏘다닐 수 있고
마음이 제멋대로 바람날 수 있는 줄도 몰랐다.

자유인이다.
3년 동안 여행도 많이 다녀왔다.
한낮에 전철을 타는 것도 어설퍼 어리둥절했는데
제법 익숙해졌다.
나날이 자유인의 낭만이 성숙해져간다.

자유에 겨워 잠시 잊고 있다가
문득, 분신들을 꺼내 세상에 내놓고 싶어졌다.
꺼내 쓰다듬자니 이것들이 어떻게 내 속에서 나왔을까?
속이 약간 쓰리다.

나를 버티게 해준 것들이 눈물겹도록 사랑스럽다.
쓰담쓰담 자꾸 손이 간다.
이것들을 세상에 내놓고 어찌 살펴야 하나?
염려하지는 않을 것이다. 나름 뚝심은 있는 시들이니까.

온전한 시인으로서의 바람기, 자유인이 되어 다시 출발합니다.
여섯 번째 시집, 능력을 부여해주신 하나님께 감사하고
시를 묶어주신 푸른사상사 대표님과 수고하신 모든 분,
좋은 평을 써주신 이성천 평론가님께 감사합니다.
세상을 더 아름답게 보는 시인이 될 것을 다짐합니다.

2015년 12월
하람 이복자

| 차례 |

■ 시인의 말

제1부 4월의 어느 의자

제2부 선유도의 야생화

제3부 그가 내 시를 읽는다

제4부 소리탑은 그림자가 없다

| 차례 |

제5부 행복한 병

제 1 부

4월의 어느 의자

봄바람

- 자월도 기행

섬이다.

배 타고 바다를 건너는데

바람에 먼저 가슴 부풀고

갈망했던가, 자유의 품이 넉넉한 줄

싱그러운 청년의 근육에 닿고야 푹 빠져버렸다.

쑥, 산달래, 돌미나리, 참취, 가시오가피

탱탱한 피부에 돋은 젊음을 뜯어 두둑이 담고

탁한 영혼에 소름 끼치도록 스며드는 생기에 반하여

오랜만에 이상형을 새로 찾았다는 걸 알았다.

몸에 걸친 바닷자락, 봄꽃

허벅지에 붙은 못생긴 바위까지도

어디를 봐도 싫은 것이 없다.

도시의 집을 영원히 잊고 싶은 외도(外道)가

좋고도 좋다.

4월의 어느 의자

4월이 그리는 수채화에 설렁설렁
가슴 설레는 의자는
눈물이 날 것만 같은데 목련꽃은 터지고
누구 발소리만 들려도 안아야 할 듯

아름다운 만남이면
닭살 돋는 입맞춤도 눈 감고
기다림에 지친 외로움이면
혼잣소리 허공에 다 퍼붓고도 좋을
예쁜 꽃 많이 보이는 곳에

버릇없고 철없는 사랑이라 해도 4월에는
함께 봄을 종알거리기만 하면 맺어진다는
그 전설을 믿어 꼿꼿이 다리에 힘을 주고
꽃 정취에 흠뻑 젖는

그는 흩날리는 낙화에도 우는 주인공,
앉았던 연인 떠나
빈 가슴이면 곧장 설렘 주섬주섬 챙기고

봄 전설에 푹 빠지는 의자, 이 멋진 배경을

4월이 놓칠 리 없다
화사함을 채우는 붓질에는
의자, 그리고 사람과 꽃과 사랑과……

배비장

열두 색 꽃뱀이
배 배 허리 꼴 때
배 배 따라 돌다가
간이 부었지
눈이 멀었지

널 누가 남자랬냐
침만 질질 흘리고 알몸 되는,
거 봐, 너뿐이겠냐
집 떠나 알몸 되는 놈 부지기수려니
정신 쑥 빠졌지
독버섯이 곱다는 거
썹지 못할 과일 만지지도 말라는 거
요런 상식쯤 아는 놈이 덜미 잡힌다는 법,
한눈팔지 말지

진짜 남자는
마음 놓고 훌 훌
곧은 심지로 알몸 되는 깊은 사랑,

아니면 서투른 짓 안 하지

맛도 모르는
에라! 쓸개 빠진 놈!

정선역

비가 올라나
하늘 갤라나
아리랑 곡조가 선로에 울리는

두릅 살거나
나물 살거나
봄 5일장 무리들 플랫폼에 내리면

아라리요 목메어
아리랑 바람 타고
숨어 떠도는 뗏목, 정선 숨소리
슬프도록 질긴 한의 뿌리는
오롯이 산천경개로 치장하였네.

하늘 가득 서린 가락은 허공이 모자라고
첩첩 산만큼이나 깊은 여로의 종착은
역 언저리에서 강줄기 바라보는
이 빠진 노인

뗏목 멈춘 후
아리랑, 그 가락 여태 몸에 휘감고
구름 떠 두르고 솟은 봉우리 위로 뽑아 올리는 소리
비가 올라나
하늘 갤라나

뗏목 밀어내고 산을 가른 기차역도
선로의 어깨 들썩이며 장단 맞추고 있었네.
아리랑 역사(歷史)를 뼛속에 쟁이며
곡조 넘어가는 정선 고개, 애환에 목이 길었네.

섬 같은

섬을 생각하며 살아요.

섬 같은 사람을 그리워하지요.

아니, 그리움을 사육하지요.

감정의 중심에 있는 사랑, 재가 되면 좋으련만

가슴 뛰던 순간이 심지가 되어

아직 활활 타고 있어 놓을 수가 없어요.

만남이 뜸할수록 뜨거워요.

시간이 흘러도 내 안에 있는, 더듬으면 내 앞에 없는

큰 섬, 그 섬에, 섬 같은 그이가 살고 있어요.

발자취가 그립고 모습이 그립고 피부가 그립지요.

섬을 사랑한 죄지요.

그리움이 고이면 졸음이 올 것 같아요.

사무치지요.

허공

그대
내 꽃분홍 가슴에 눈 멈췄던 날
안기고 눈 돌리는 게 아니었는데

그대
눈 속 아름다웠던 인연
지금 어디에 있을까, 참 좋았는데

아직 남은, 정답게 나눴던 언어들을
햇살 내리는 길목에 꺼내 닦으며
더 잊어지기 전에

이정표라도 보이면
오래된 사랑이라, 비바람에
두 사람의 종점 '인연역' 글씨가 지워졌구나!

할 텐데 없다.

어느 날 잠시

늘 드나드는 길목,
노인이 지팡이 짚고 앉아 있던 곳에
내가 앉아 허리 펴는 날이 있네.

몸에 배어 있는 것들
라일락 향기, 빨간 장미에 눈이 흐려지네.
고물고물 오는 개미에서 눈을 거두고 보니
자동인출기 옆 빨간 우체통은 그 자리이고

짐 보따리나 잠시 올려놓았던
평생 앉지 않을 줄 알았던 자동차 출입통제 시멘트대에
내가 앉아 허벅지 짚어보네.
물러졌나? 그러네.

앞에 나처럼 낮게 앉아
빤히 쳐다보는 그림자, 약간 꾸부정하네.
사랑스러워 꼭 안아주고 싶네.

수종사 5층 석탑

부처 은혜를 잉태하여
불러오는 배 진리로 단단히 동여맨 탑신
5층의 소임은 무언(無言)으로,
속세에 귀 기울이려면
두물머리 밝기 전 아담한 체구의 고운 단장
한시도 소홀할 수 없다.
남한강 북한강 번민 부딪힐 때면
속절없이 끓어오르는 안개
강기슭이 짙은 날일수록 시력 좋아져
눈 감은 적도 없다.
새벽 종소리 두물머리까지 울리는
운길산 중턱 수종사,
예부터 부처 혜안(慧眼) 훌륭하기로
가난한 자 절 올라와 합장할 때
기꺼이 대웅전으로 자비의 다리 놓는 석탑,
탑머리 빛 된 불심 극락으로 향하고
여전히 두물머리에서 올라오는 중생들……

뱀

어릴 적 산나물 뜯으러 갔을 때
휘익 따리 틀고 빤히 쳐다보던 놈, 잠시 눈멀게 했다.
빨리 노안이 왔다.

20여 년 전
양평의 어느, 풀 우거진 밭둑에서 떼 뱀을 만났다.
발끝으로 길고 굵은 놈들 스쳐 지나가는데
공포, 뇌를 한없이 쪼그라지게 했다.
고혈압이 왔다.

10여 년 전
산 가까운 교실 수업 중
뒷문으로 들어와 슬슬 여학생 다리 숲으로 향하던
그 독사, 오한과 절규로 주저앉았다.
지금 발에 땀 많고 무릎 아프다.

소름 끼치도록 징그러운
한 세월 지나도록 고질병처럼 싫은
죄의 원흉 에덴동산의 간교한 뱀,

또 언제 만날지 두려워

아직은 살 만한 내 몸, 더는 탈 없기를 바라

현관 앞에 예수님 초상을 크게 걸었다.

커피 타임

솔 솔 향기의 통로를 걷는다.
안개꽃 숲에 다다르면
거기 청춘이 먼저 와 있다.
떨어지곤 이내 닿으며 사이좋게 나는
나비의 사랑, 그랬던 사랑이
살며시 찾아와 화사하게 웃는다.
팍팍한 삶을 애써 닦아온 웃음들이
나무 그늘을 훌쩍 넘어 하늘로 오른다.
구름을 타고 일상을 하얗게 따돌리며
푸른 하늘을 건너고 또 한 하늘을 건너
그곳 행복나무의 열매를 만지고 돌아오는,
중독된 삶을 단 몇 분으로 제정신이게 하는
짜릿한 일상의 금단현상이
떨리도록 좋다.

쉼표를 닮아가는

쉼표가 되어간다.
퇴직 후 쉬는 낯섦을 얼마쯤 지나니
행사 참석을 위해 옷 입는 것도 낯설다.
내 나이 적 부지런하던 엄마가
손마디 아프고, 무릎 아프고, 자꾸 잊어버린다고
왜 저러실까, 낯설더니
건강은 본인이 알아 챙기라는 자식의 타박에
아픈 발바닥을 주무르며 화창한 봄날 외출이 낯설어
문득 겨울로 그냥 살아야 할 것 같다.
엄마를 닮아간다.
옆으로 눕고 오른팔로 머리 베고 다리 구부리는
그 자세가 편안해 보인다.
쉼표로 누워 있는 백 살 엄마 뒤에
똑같이 누워보는 딸, 낯설지 않다.

양지마을 우리 집, 봄

문풍지 앵앵 울리는 샛바람이 매서웠다.
샛바람 잦아지면
자글자글 햇빛 끓는 양지마을에
젤 먼저 찾아오는 먹거리

찔구* 돋는다.
토실한 줄기 껍질 까면 연한 살, 제법 씹는 맛이다.
찔레 순 쇠면 삐미* 있다.
꽃 피기 전 배 통통 부어오른 줄기 까면
연둣빛 향긋한 껌 맛, 쫀득하고 고소했다.
삐미 쇠면 논 밭둑에 멕사구* 있다.
하얀 뿌리 불에 구우면 고소하고 달콤했다.

친구들만 있으면 됐다.
코 훌쩍거리며 언덕 들판 쏘다니다
넓은 마당에 오면 툇마루 밑에 고이 둔
사금파리 공깃돌 꺼내 땅따먹기, 공기놀이 할 때
햇빛이 마당 가득 고시랑거리는 집

엄마가 쑥버무리 한 주먹씩 주고
"애들아, 쑥도 뜯고 냉이도 캐야지." 하시면
쑥 냉이 많은 곳 우리는 알았다.
안변소* 옆 둔덕 쑥이 최고요 부추밭둑 냉이가 최고라는
걸
덕자집도 승녀집도 봄나물 바구니 가득 갔다.

보릿고개에도
배불러 살 만했던 우리 집

* 찔구 : 찔레순.
* 삐미 : 삘기.
* 멕사구 : 메꽃 뿌리.
* 안변소 : 여자화장실.

미나리꽝 이야기

큰언니 시집가던 날
까만 석이버섯과 빨간 맨드라미와 함께
찹쌀 부꾸미에 부쳐진 미나리도
잔칫상 떡 위에 곱게 선보인 후 갔다.

내 손으로 채취한
그 미나리꽝 미나리들 출가외인 된 후
미나리꽝으로 흐르던 샘의 거주등록이 말소되더니
미나리꽝 호적도 말소되었다.

궁서체처럼 종횡무진 노닐며
미나리에 손대면 지독하게 피를 요구하던 찰거머리들
왜 그리 피를 탐했는지
도무지 알 수 없던 그 깡패 떼들
어디로 갔는지 모르겠다.

부꾸미의 중심에 생긋이 웃던 미나리,
샘과 미나리꽝 메워졌어도 소름 끼치던 궁서체는
아직도 스멀스멀
추억 갈피에 미나리꽝 사연을 쓰고 있다.

제 2 부

선유도의 야생화

그해 여름

폭우다.
물이 넘치고
다리가 끊기고

고립된 짝사랑
우산도 없이
맞고, 또 맞고
비같이 눈물도 흘렀다.

임 오는 길목에
홀로,
그만 해바라기에 지쳤다.
다시 일어나지 못했다.

천마산이 나를

사랑했었네!
유난스럽게 푸른 가슴 헤치고
어느 날은 구름으로, 어느 날은 무지개로
세상 여인 다 유혹하는 줄 알아
풋풋한 총각 냄새 풍긴다 해도
바람둥인 줄만 알았는데 그가 나를

사랑했었네!
몇십 년 지나 남양주로 살러 온 날
아파트에서 멀리 보이는 그가, 글쎄
아침 일찍 구름 폭포를 만들어
온몸으로 보여주는 멋진 그를 본 내가
비로소 애인인 줄 알았네, 물끄러미

농익은 사랑으로
그의 가슴을 다시 파고들었을 땐
싱싱한 뜨거움에 숨 쉬기도 벅찬 하루였음을
살며시 고백했네, 그 후로는
자주 당신의 심장 소리 듣기 원하는 나를

여전히 사랑하네!

시의 맥박, 물소리

유년에 심장으로 유입되어
피와 함께 돌고 있는 물은
앞산 뒷산에서 몰려와 고향집 기둥을 둘러 흐르고
안에 사신 아버지 어머니 가슴에도 흘렀으므로
세월은 노화(老化) 중이어도
감정의 중심에 물소리 마르지 않는다.
비 내리면 손바닥에 놀던 낙수
발목 잡고 흐드러지게 웃던 개울
화나면 삼킬 듯 무섭고, 때론 슬프던 먼 바다
이것들이 샘으로 가슴에 있어
마중물 붓고 물 길어 종이에 부으면
별들까지 내려앉아 까불어 좋은
그림 같은 심장의 소리 졸졸 흐른다.

이젠 마음 놓고 오세요

- 홍도에서

빗장 걸어두었어도
마음 두드리는 소리
밤새 심장 언저리에 서성인 것도 다 알아요.
그동안 싫다는 말 한 번 건넨 적 없으니
몹시 그리웠겠지요.
먼 바다 건너와 길게 뻗친 눈동자, 마주치면
깊은 충혈이 안타까워 나도 운 적 많아요.
그러니 노여워하지도 마세요.

섬에 예쁜 집 마련하고
둘이 살았으면 좋겠다던 말이 두려워
난 기다리지 말아야 했어요.
쇠잔할수록 그리움이 뜨겁게 달아올라
집을 나서 비틀비틀 배를 타고 섬에 당도했을 때는
아름다운 사랑, 이미 취했지요.
흔들흔들 예쁜 집은 손에 닿을 듯 보이고
그래, 섬을 떠나지 않기로 했어요.

같이 먹을 싱싱한 회도 마련했어요.

그분이 오셨다고, 방파제만 넘으면 된다고
밤새 고하는 파도, 야속하다 하지 않을래요.
지금은 오로지 예쁜 집에서 같이 일어나
작은 배 둘이 타고 바다를 누비고 싶어요.

빗장 뺐어요. 오세요.
뜨거운 가슴 활짝 열었어요.
이젠 다신 보내지 않을 그대, 기다림이에요.

감자

그저 웃는다.
손해를 봐도 말이 없다.
생전 싫은 소리도 못 한다.
무뚝뚝하다. 괴로운 날은
잠시 광대뼈 꼭대기에 올라섰다가
눈 거두어 배꼽에 깊이 박는다.
가끔, 하얀 속살 푹석해질 때
맛있다던 어머니의 칭찬이 그리울 뿐
속에 담아둔 것도 없다.
차여도 둥글둥글 구른다.
못생겼다고 놀려도 웃는다.
평범을 고집하는 뚝심,
오로지 그 하나로 산다.

몹쓸 불씨 될라

삼지창으로 돌며
날 끝에 죽음의 독 묻히고
폐 찌르는데
저기, 담배 피우는 젊은 남녀야
맑은 세상이 좋거든
담배 연기 그리지 마라.
독한 불씨는 강도 건너는데
하늘이
그 불씨 네 새끼 뱃속에 심으면
고생이지, 암!

막걸리

잔이 찬다.

부딪칠 때마다 밀착되어

취기의 길에 나서는 삶의 속내가 뽀얗다.

차마 못 꺼냈던 얘기까지 쏟아지는 자리는

둘레둘레 이 마음 저 마음 다 빠져나와

속살 다 보이도록 자유롭다.

주거니 받거니 일렁일렁 오로라가 피어오르고

눈마다 감전되어 번뜩이는 낭만,

가라앉는 속내 젓가락으로 휘휘 저어 벌컥벌컥 마시면

입에서 입으로 세상을 들썩일 만한 풍류

술술 술도가니에 갇혀 진하게 익는다.

속내 질펀하게 우려내는 습성에 가미된 풍류의 효소,

탁주잔에 어둠 한 점 없이 인간사가 고인다.

세상사 풀려 하늘에 아롱진다.

낙조 마을 사랑법 1
– 강화도 장화리에서

해가 스러지는 지점에
붉은 사랑 묻어둔 사람처럼 간 곳
눈이 멀 듯 수평선 바라보아도 낙조는 없고
구름 낀 가슴에 겨울바람 스미는데

장화리, 구름은 해를 미리 감추고
밀물은 해변의 얼음 조각을 둥둥 업고
하늘은 행복을 그렸다,
빨간 노을로

질투는 끓고
차를 마셔야 하나, 버스를 앞당겨 타야 하나
우왕좌왕하는 사이 까무룩 어둠을 덮더니
큰길 하나 열어 이제 그만 돌아가란다.

낙조 마을 사랑법 2
– 강화도 장화리에서

사람이라고 다를 게 뭐 있나
어둡기 전 수런수런 오늘을 갈무리하고
서둘러 끌어안는 오늘 사랑들

구름과 바다의 사랑도 저리 좋은데
바다가 해를 꽉 끌어안듯 사랑이 꼭 뜨거워야 하는지는
다시 와 낙조를 봐야 안다고

장화리 할아버지
"오늘은 낙조 보기 틀렸어!"
해 없는 수더분한 사랑을 덤덤히 만끽한 후
사랑의 참맛을 모르는 사람들만 남기고 갔다.

도시 사람이라고 다를 게 뭐 있나
허기진 사랑 다시 저녁 하늘에 걸어두고
돌아가는 장화리, 캄캄한 길에 가로등 켜더니
버스 정류장에 맴을 돌린다. 낙조 보러 또 올 거냐고

해안의 삼라만상이 연출하는
장화리 사랑법, 할 말이 참 많나 보다.

시와 시인

바다와 하늘 사이

해초씨를 뿌리고

예쁜 조개와 고기들을 놓아주고

파도는 부서지는 모양으로 꾸미고

바다에 홈을 파서 산을 접붙였더니

나무가 자라고 풀이 자라고 강이 흐르고

바위는 납작하게 깎아 쌓고

하늘을 얹고

반짝이는 별로 마무리 치장하고

더위 추위로 간 맞추어

끝까지 스밀 빗길도 숭숭 몇 뚫고

푹 김 올려 하얀 보자기에 엎으니

보기 좋은 떡 한 시루다.

풀과 나무는 조금만 넣을걸

설익지는 않았을까, 남들 입맛에 맞을까

떡 자를 때마다 불안한 떡 주인

선유도의 야생화(夜生畵)

둥근달이
갯벌에 펼쳐놓은 화선지는 넓고
물길은 구물구물 승천의 순한 몸짓,
끝에 닿아서야 하늘로 이륙이다.

돛 줄만 선하니
꼭지점을 달에 맞춘 배는
기우뚱, 곤두선 적막의 촉각에
건드리면 오싹 부서질 고독의 절정

벌 가득 숙성시킨 갯내
익숙하게 꺼내 풍기는 해풍은
달무리가 은근하게 살린 은색 펄의
명도를 자꾸 낮춘다.

짙푸른 파스텔로 살짝살짝 건드린
부드러운 살결로 꼬집듯 쏟아지는 별들
반짝반짝 튀어오르는 배경

화폭에 담긴 장엄한 밤의 입체를
고작 사진으로 토막 내는 시인들에게
숙소로 가 조용히 언어로 덧칠이나 하란다.

명화(名畵)에 사람은 없었다.

양지마을 우리 집, 여름

엄마가 빨래하며 수다 떨던 바위
놋그릇 빛내주던 비단 모래
풀숲으로 잽싸게 없어지던 물고기 떼
미꾸라지, 송사리, 새우, 가재

금자랑 승녀랑
고무신에 미꾸라지 움켜 넣고
모래 웅덩이에 물고기 가둬놓고
멱 감고, 바위에 올라 돌봉숭아 갈아 붙이고
어떤 날은 하루 종일 발 담그고 멱 감고

날 어두우면 엄마랑 언니랑 또 멱 감고 올 때는
반딧불이 여기저기 별로 뜨고
먼저 멱 감고 오신 아버지
처마 밑에 호롱불 내달아 밤길 안심하고

모깃불 화로 바람길에 뭉게뭉게
멍석 깔고 위에 돗자리 깔고 호롱불 끄고
이불 홑청 덮고 식구들 나란히 누우면

시원한 달빛 독차지한 우리 집 마당에
하얀 하늘 길, 은하수 내려오고

그 은하수 눈 맞추며
엄마는 가을 추수 기원하며 점을 치고
우리는 올라타면 꿈 이룰 듯 자발자발 얘기하다 보면
우렁찬 개구리 소리에 달빛 흔들리고
멀리 앞개울 소리에 밤이 다 익을 만하면
방으로 들어갔지

꽤나 먼 앞개울 길을 한 뼘처럼 살았던
달 밝은 집 우리 집

상추쌈, 그 후

잠이 쏟아진다.
큰언니 집 쌈장과 시골 돼지 오겹살이
나긋나긋 오장을 마비시키나 보다.
듣기 싫던 소리 꼭꼭 씹고
좋은 일일랑 살살 곱씹고 순갈 놓았는데
포만의 한가운데로 타박타박
생의 텃밭에서 걸어오는 희열이 있다.
고단함으로 뇌성마비에 시달리던 만족은 비로소
사는 것이 '먹는 즐거움이구나!'
이 소박한 진실에 가물가물,
척박한 텃밭에 상추씨 가득 뿌리고
푸르게 씹히는 고소한 맛
그 푸른 잎 잡고 신나게 캉캉 춤 속으로
포만의 길 길게 트는
낮잠이다.

제 3 부

그가 내 시를 읽는다

왕십리의 한 가을 철로

녹이 슬었다.
한때는 길게 뻗었겠지만 잘렸다.
가을꽃 몇 송이
주저앉을 듯 동행하고 있다.
뼛속까지 지녔던 낭만을
붉은 녹으로 피워 곱씹는 노후,
왕십리역 지상에서 근육 허물어져
청량리조차 닿을 수 없다.
하여 쌩쌩 드나드는 전철 곁
조촐하게 풀어놓은 가을 보자기
추억 몇 줌 그리움 한 줌
값을 매길 수 없는 사랑 듬뿍, 아름답다.
허물어지는 입술 감추려고 아침 일찍 틀니 끼운
아흔일곱 우리 어머니,
휠체어 탄 어머니의 여생
몇 미터 반경

그래도

녹음이 가고
허허로운 숲에 나이는 쌓이고
숲은 다시 차는데 시간은 뒤도 안 돌아보고

아버지가 가시고 큰언니가 가시고
동생이 가고. 그 마누라도 가고
그래도 백 세 어머니와 네 남매는 남아 있고

웃던 일도 가고 울던 일도 가고
진정 아름답게 가는 것은 흔적조차 없다고
빼꼼, 타이르던 철학도 가고

일상으로 보아
쓰잘머리 없는 잡념들 복작대는 자리
경화(硬化)의 진행 상당한 듯, 깜빡깜빡하면서
아등바등 긁적대는 시마저 접어야 하지 않나,
그래도 살아야 하는데

지로통지서로 배달된 미납된 삶값이

청산의 의무를 강요하며 하는 말,
값은 있는 것들이 매기는 법, 언제 갈지 모르는데
부채 많은 사람값이나 잊지 말고

그래도 가슴에 안길 언어들
까칠하지 않게 애교로 오는 것도 있으리니
군말 말고 긁적대며 살아라, 하네.

가을 길

어제보다 짙은 단풍을 보면
오늘이 또 걸어갔다.
한 해 고개 넘기 전 짊어진 보따리 풀고
울긋불긋 쌓은 덕(德) 뿌리며 갔다.

빨간 단풍 눈부신 걸 보면
신발에 고인 겨울 냉기,
이제 밤이면 뼛속 저려올 텐데 잘 참았다.

푸른 하늘이 성큼 내려와
오늘의 공(功)을 치사하는 걸 보면
어제보다 훨씬 가벼운 걸음이었겠다.
아하, 겨울로 가는 길목에서 이룬 단풍으로
자연의 오늘은 톡톡한 값이 매겨지는 것을

아름다움이란 날마다 이어지는 삶인 것을,
하산하는 내 오늘은 값도 없어
가을 길에 다리가 몹시 아팠다.

가을비

오랜 기도 끝에 받는 세례가 저럴까,
비가 내린다.

나무와 풀들
온갖 열매로 소망 이루려는 떨림,
눈물로 젖는다.

훌쩍
훌쩍
결실과 감사와 은혜로
어깨 들썩이는

빗물에 단풍 빛 얼룩얼룩
풀어내는 아픔,
그 이별조차 한없이 고와 보이는

눈부신,
아름답다 말하지 않을 수 없이
산과 들이 젖는다.

가을 뼛속까지

그가 내 시를 읽는다
-사랑바라기꽃

가을이면 온다.
추석 보름달로, 산기슭 꽃으로
언덕배기 싸리나무 잎으로 노랗게 온다.

코스모스 웃음이 예쁜 곳으로,
뭐 이런 것을 노래하려고
머리 아프게 언어를 조탁하지는 않는다.
적어도 시는

그가 나의 색깔을 짚어내고
풀벌레 소리에 홀로 나서
사랑바라기꽃 한 송이 가을 중에 여전하구나,
알아야 내가 있고 그가 있고……

그리움 따박따박 딛고 오는 사람
문 열고 나선다 해도 쉬 맞이하기는 싫은
고운 종이에 함께 디딘 걸음, 사랑시는
조신한 마음으로 꼭꼭 빚어 바치는 꽃이므로
그가 고이 간직할 언어들

시에 들어와 사랑바라기꽃을 뽑아 든 손,
떨리고 설레는 그를 위해 시를 쓴다.
더욱이 깊어가는 가을에
그가 내 안에 꼭 있어야 하는 이유를 쓴 시는

내가 아픈 만큼 그도 아파야……

억새

함부로 넘볼 수 없이
어쩌다 스치면 잎으로 따갑게 물리치고
하늘을 가를 듯 도도함으로
진정 부드러운 행복을 노래하는
그 중심을 탐할 수밖에 없었어.
긴 여정 끝에 눈이 시린 여행자가
흐드러지게 뽐는 몸짓에
넋을 놓고 바라보는 언덕은
쓰러지고 싶은 하얀 침대였지.
작은 바람에도 춤추는 바보가 되어
멈추지 않는 애무를 꿈꾸며
하늘하늘 잠옷을 차려입은 마음은
이미 임을 쫓아 함께 있었지.
그대의 촉수는 한없이 황홀했어.

달팽이의 꿈

민달팽이가 배추잎에 살다가
김치 담그는 날
다행히 소금에 절기 직전 구제되었다.
구멍을 낸 플라스틱 통이 새 집이다.
달팽이를 좋아한다는 아줌마의 손녀에게 간단다.

단지 도망치는 것, 이것이 꿈이다.
에라, 몸을 칼날처럼 납작하게 눌러 빠져나와
유리벽을 타고 달린다.
끈끈한 점액에 몸을 싣고
어두운 밤을 이리 헤매고, 저리 헤맨다.
구불구불 긴긴 자국을 남기고

없어졌다.
10층 베란다에서 꾸는 꿈은 자유밖에 없어
아침, 민달팽이가 택한 실종의 길은
푸른 하늘로 닿아 있었다.

유리벽 밖의 투명 인간

나타났다,
사랑하는 사람, 돌아서던 길 저만큼

촘촘히, 두껍게 누빈 그리움을 걸쳐
어깨가 처진 걸 보니 그 사람이 맞다.
따라 나섰다.
가을 풍경이 아름답게 걸려 있는 의자를
좋아하던 그, 예전처럼 앉았다.

바짝 다가앉아도 모르는 사람에게
끊임없이 내 안의 이야기를 쏟아놓았더니
가슴이 시렸다.
다 들었는가, 일어서는 그를 그만 놓치고
한 겹 더 누빈 그리움만 뒷모습으로 남는다.

아메리카노 향의 모퉁이로 아스라이
갔다.
나는 안에 있고
밖은 늘 그리움이다.

들국화

고즈넉이 사랑 머금고
슬픈 속내 보랏빛 눈망울로
눈길 끄는 가을 사람아

거기, 낙엽 밟는 소리조차
사박사박 심장의 박동으로 공유했던
아름다운 나들목, 언덕배기는
지순한 사랑의 종점이었지.

그 사랑처럼 가까이
감히 귓볼 당겨 입 맞추고
잊지 못했노라, 눈물 푹 쏟아낸 후

이젠 잊고 살겠노라
멀리, 멀리 손 흔들어
다시 이별하고 싶은 사람아, 사람아

74년 종로 양지다방 이야기

장발의 멋진 남자를 탐했었지.
양지 단골, 그 남자가 오길 기다렸었지.
쓸쓸한 날 청춘의 고독을 날린답시고
경복궁 앞 은행잎을 밟은 후
화신 백화점의 문명도 외면하고
길 건너 있는 지하

구석, 꼭 그 자리에 다리 꼬고 삐딱하게 앉아
눈 지그시 담배 연기 뿜으며
모닝커피 앞에 놓고 실눈으로 응시하던
그 모습 없으면 허전했지.
차 한 잔 시켜 조금씩 마시며 기다렸지.
아니면 미팅했던 남자라도 불쑥 나타나주기를
시간 죽이노라면 짜릿하게

"커피 한 잔을 시켜놓고 ……
1분만 지나면 나는 가요 …… 내 속을 태우는구려."
"한 번 보고 두 번 보고 자꾸만 보고 싶네.
……그 누구의 애인인가 정말로 궁금하네.……"

속내 꿰뚫어 보던 유리벽 속의 DJ

노른자 동실 뜬 모닝커피 혹은 쌍화차, 덤으로 나온 반숙

더불어 자욱한 담배 연기 속으로 과감히 노출했던

이성, 생애 가장 성숙하고 아름다웠기에

아직도 그를 기다리네. 그 다방에서

2014년 9월 25일, JSA 헌병에게

코스모스가 흐드러지게 핀 가을날
더 이상 참을 수가 없어 너를 만나러 갔었지.
1미터쯤 떨어져 너의 피부를 꼭꼭 꼬집었어.
내 눈은 네 싱싱한 가슴이 소름 끼치도록 좋았어.
까만 선글라스 안 눈매도 살폈지. 멋있었어.
노랑나비 한 쌍이 네 어깨를 스쳐 북으로 가고

판문각을 향하여 마네킹처럼 서서
헬멧 속에 한 치의 오염도 허용되지 않는 이념을
지탱하자니 허리에 총은 있어야겠지. 그래도
한 번밖에 없는 인연을 기념으로 남겨야 하는데
허용한 정면을 찍고 보니 주먹 불끈 쥔 네 옆에 내가 없
더군.
'판문각' 지붕 위 파란 하늘의 살갗은
마냥 부드럽게 남으로 닿아 있고

방으로 들어가니 뒹굴 침실은 없고, 난 놀랐어.
기(旗) 하나 달랑 놓여 있는 책상 하나 있더군.
그 유엔군 기를 기준으로 책상 가운데가 국경인 것을

눈으로 직접 본 난 거기 말라붙은 애국(愛國)을
얼른 집어 입에 넣었어. 국경선을 보자니
소화 안 되는 현실에 애국이 자꾸 불어 머리가 빵빵해지
고
수십 년째 누렇게 익은 통일은
저 대성동 들판에 아직도 수확을 기다려 고개가 무겁고

영화의 이병헌처럼 주절댈 겨를 없는 너를 미처 몰라서
어설프게 사랑한, 내가 잘못이었어. 잘못했어.
이제 너를 꿈꾸는 내가 되어주지.
통일을 한으로 산 세대의 한 사람, 애국이 더욱 지병이
되면
가슴 팽팽했던, 선글라스에 마네킹 같은 너를
역사의 제물로 극진히 섬길 거야.
남북이 삐걱삐걱 소리가 날 때 판문각을 향하여
JSA 헌병, 그 사람 그렇게 꼼짝 않고 서 있었노라고

국화차를 마시며

강고 출신 문인의 고백이 생각난다
몇 년 전 차를 마시며 받은 느닷없는 전화,
'강릉여고 정문 앞에 목련이 많았지요?
하얀 칼라들이 나오면 그냥 동경했는데……'
지금 무슨 차를 마시냐고, 국화차라고 했더니
우아하다고, 역시 강릉여고 출신답단다

인품이 출신 학교를 따라다닌다고 했던가
목련이 얼마나 많았는지 기억에 없고
우아하다고 생각해본 적이 없고 다만
봄날, 목련이 교정 가득 꽃잎 터뜨리면
베르테르의 편지를 읽는 낭만이
가슴에 있어 숭고한 여고생, 누구든 동경했겠지
이제 가을인 나이에 강릉여고 출신이라고 가미된 향기
우아함, 만난 적 없는 평가가 고맙다

국화차에 뿌듯한 추억이 곰실거린다
선생님 눈빛 쳐다보는, 그게 공부고
친구들과 수다 떨다 덩달아 하는 게 진짜 공부고
시험 끝나면 교표와 이름표 가슴에 달고

행선지 경포에서 폼 잡고 사진 찍었는데, 아 거기
흑백으로 엮여 있는 모교의 역사가
말하고 있다, 명문의 찬란함에는 가뭄이 없다고

젊음이 고스란히 담긴 사진 한 장 속에
나란히 추억의 책가방을 든 소녀들
옴팡지게 무르익은 가을에 그 책가방 열고 우르르
다들 한몫하며 산다고 외치는 소리,
70년대 강릉여고 출신이라서 단풍을 뒤흔들 만큼
세상을 만끽하고 있다는 소식들이
내 앞에 놓인 차를 젓는다

솔솔
내 몸에 감기는 굴레, 강릉여고 끄나풀
맴도는 향기에 은근히 소름 돋는 행복을 지그시 음미하며
우아함이 물씬한 가을 여인네 친구들이 저어
곰실곰실 추억이 뜨는 국화차를
홀짝홀짝 마신다.

(2014년 강릉 여고 회보 기고작)

달맞이 연가(戀歌)

보름날이면 섬으로 간다.
별명이 달덩이라지만
촉촉한 밤이슬 밟기를 좋아하는 시간에 맞추어
달무리 두르는 것도 잊지 않는다.
휘영청 창문을 두드린다.
사색 길 환하게 밝혀 이끌다가
멈추면 쳐다볼 눈, 맞춤을 위하여
소중했던 순간 또 하나 가슴에 조용히 던지면
달 같은 여인 그리워 쳐다보고
못 잊겠다, 못 잊겠다
서글서글한 시 한 편 밤하늘에 펼칠
그이를 위하여 섬으로 간다.

툇마루

그 병은 툇마루에서 들었다.
청춘은 호된 채찍이 있어야 여물던가,
처마 끝에 흰 구름 스치면
도시를 향한 꿈은 작은 바람에도 울었고
별이 쏟아지는 밤이면
가슴은 달빛에 홀딱 젖어 시렸다.
미래는 수많은 채널로 다가오고
다 열어볼 수 없는 혼선의 꿈들
툇마루에서 어렵게 꿈 하나를 골라잡고
결국 툇마루를 떴다.
박차고 나온 자리에
청춘을 두고 온 걸 나중에야 알았다.
비 맞고 흔들릴 때
아버지 어머니가 챙겨주시던 손길 없고
청춘, 거기 뒀다고 사는 데 별 지장 없건만
그리움, 골병처럼 자꾸 도진다.

양지마을 우리 집, 가을

무쇠솥에 빨갛게 익은 햇고구마
한나절 벼 베고 돌아온 일꾼 아저씨
김치 하나로 맛있게 드시고
껍질 반쯤 벗겨 쥐어준 달콤한 고구마 받아 들고
툇마루에 앉으면 엉덩이 따뜻했지

아버지는 긴 대비로 마당 쓸고
엄마는 고추 멍석에 앉아 살살 쓸라 하고
출출한 배 채운 난 얼른 삼태기 가져다
모아놓은 감나무 낙엽 퇴비장에 쏟아내고
파란 하늘에 달린 빨간 꽃 쳐다보면

장대 들고 오신 아버지
내 손가락 따라 눈 맞추고 딴 빨간 홍시
똥 못 눈다고 한 개씩만
엄마 한 개, 동생이랑 나 한 개, 아버지 한 개
일꾼 아저씨는 몇 개 드시고, 나머지 툇마루에 두고
마당 넓은 집은 빨간 감이 활짝 핀 꽃이었지

바삭해진 빨래 위에 고추잠자리 졸고
앞개울 미루나무에 비행기 뿜는 방귀 두 줄 몇 번 걸리고
기러기 떼 어디론가 가고 또 오면
가을걷이 돕느라 함께 못 논 금자 승녀 생각 없어지고

학교 갔다 온 오빠 언니
또 한바탕 고구마 먹고 홍시 먹고 왁자지껄하면
해 까무룩, 아버지 소나무 밑 암소 몰러 가고
엄마는 굴뚝에 하얀 연기 피우고
등 푸른 고등어 화로에 굽는 날 많아지면

곡간도 웃고 우리도 웃고
등잔 불빛에 공부도 익어 넉넉했지
우람한 감나무가 마당에 있는

제4부

소리탑은 그림자가 없다

겨울 밤

돌아보면 어긋난 듯, 서러운 듯
서성거림이 많아지는

어느 겨울
멀어져 영영 볼 수 없는
사랑 하나

뽀드득뽀드득 발걸음 들릴 것처럼
얼음길도 마다 않고 오는 종점, 거기
그는 가고 나만 있는

눈이라도 내릴라치면
오는 길 막힐까 자정을 넘기고도
뒤척이는

그리움 일어
가슴 까맣게 그으는
길고
긴

겨울 바닷가

그가 살며시 뒤에서 허리를 잡고
끌어다 자기 몸에 바짝 붙였을 때
몰래 둘의 발목을 잡아 적셔놓던,
파도는 아직도 그날을 기억하고 있었다.

그랬지, 떨어지면 안 될 것처럼 사랑했지.
둘이 아니면 죽을 것처럼 바다를 향해 울었지.
그러곤 헤어졌지, 오늘처럼 파도가 무섭던 날

꼭 그날처럼 발목 잡혀 돌아섰는데
신발만 적셔놓고 떠났다.
부적부적 발등으로 기어오르는 그의 체온은 찼다.
짰다.

아, 여기 적어도 한 번쯤 그리워 그가 왔었나?
나처럼 이렇게 그의 발목도 잡혔나?
그는 울었을까?

젖은 발이 마를 때까지 슬펐다.

이순(耳順)에 다 이르도록 아직도 그리운 그는
파도가 부서지는 날은 이곳을 찾고 싶은지
혹 보고 싶은 마음 없는지

파도는 그날처럼 나를 기억하고 있는데

찌개

쌀쌀한 날에는
마음에 찌개를 끓인다.
냄비 바닥에 애틋한 사랑 곱게 깔고
살 두둑한 추억 얹고
원망 송송 썰어 뿌리고
다진 그리움 듬뿍 넣고 끓이면
알큰한 맛이 난다.
끓을수록 우러나는 진미는
몇 술 뜨면 벌써 콧날 시큰해온다.
미움 한 술 더 가미하노라면
울컥 솟는 눈물, 눈시울이 흐려지고
몰래 울음처럼 체온 뜨겁게 달아오른다.
보글보글 추억까지 무르익으면
불 낮추고 냄비 바닥 보일 때까지
헐
헐
찌개를 먹는다.
차마 나를 못 떠나 안달하는
숙성된 사랑의 진수, 그 맛이다.

소리탑은 그림자가 없다
— 선유도의 밤 파도 소리

소리는 그림자가 없다는,
바다와 섬 사이에 전설이 있는 것을 알았다.
사랑의 혼령이
밤을 가르며 섬 자락에 오기까지
빛바랜 세월 바위에 하얗게 얼룩지도록
사랑의 뿌리는 모질었단다.
억만 겁을 내림받은 소리꾼이라 해도
끝내 사랑에 닿지 못하는 소리,
그 소리 스스로 삼키는 설움은
푸른 밤에야 비로소 흐느낄 수 있었단다.
하늘은, 바다와 섬 사이
차곡차곡 쌓이는 애절한 흠모의 노래를
소리탑이라 이름을 짓고
사랑의 서슬 너무 길면 밟힐까, 그림자를 지웠단다.
허구한 날, 허구한 날 섬 둘레에 세워지는
소리탑은 그림자가 없다.
슬픈 사랑을 앓아본 사람이 섬에 오면
소리탑의 공명(共鳴)으로 울게 된단다.
보름달이 뜬 섬 하늘이면 더욱 목이 메어……

그림자야

종일 동행했는데
늦은 귀가 탓에 삐졌나,
얼른 현관을 안 들어서고
기둥에 붙어 훌쩍거리네

나는 안에서
넌 밖에서, 그래 같이 울자
편한 운동화를 신었어야 했는데
구두를 신어 발이 아프다, 그 말이지?

잊고 찾는 일이 잦아져 투덜대다가도
똑 닮은 네가 있어
S라인을 만들려 애써도 안 되는 걸 어쩌냐
노랑 빨강이 잘 받는 나이가 왔는데

밥솥에 흑미와 서리태를 안치자
다리에 힘 있을 때 여행은 더 해야 하니 잘 먹자
일찍 불 끄고
맨날 보이는 주름, 힘없는 무릎 깝죽대지 못하게 기 좀
죽이고

생각해보자, 오늘을 잘 살았나?

아까 한강 둥둥섬*에서
분명 흘러가는 시간을 탔는데
물결 타고 노는 빛의 향연을 봤지?
멈춘 삶, 시간을 붙잡고 흔들흔들 즐기는 낭만을

시간 끌지 말고 들어가자, 춥다
온 밤 끌어안고 사랑하자
따뜻하게 자고
내일은 분홍으로 나서자.

* 둥둥섬 : 반포 한강공원에 있는 세빛둥둥섬(뷔페 식당, 카페, 갤
러리가 있다)

그 섬의 새 전설

섬이 운다네.
세상에 불쑥 솟아오르던 날부터
한자리에 머무는 운명에
푸르스름 조석이 바뀌는 시간이면
추르르 추르르 운다네.

지층에, 석층에
만지면 부서질 듯 켜켜이 묻은 외로움은
지닌 색깔만큼이나 복받치는 흐느낌,
어깨 흔들리지 않는 날이 없는
그 섬에서

달아오르는 감정 함부로 말하지 못하고
그 섬을 지켜야 하는 이유로
추르르 추르르 가슴앓이하는
바보 사나이 한 사람도 산다는

그 섬을
섬에 사는 사나이보다 더 슬피

첫 만남처럼 푸르스름한 시간이면
혼길로 달려와
울고 가는 연상의 여인이 있다네!

달, 그리고 나

입탄리*
영하 23도의 밤
고달픈 심사 잠시 잊기 위해 갔는데

둥근달이 나를 맞는다.
눌렀던 감정 폭발하여
힘들게 하는 사람 사정없이 고발하자
싱긋이 웃어준다.

'정의가 죽어가는 세상
때론 체념이 필요하지요?'
대답이 없다.

미운 사람 용서 못 하면 나쁜 사람이냐고 묻자
어깨를 다독다독 하는 말

'혹한에도 죽지 않는 것들은
스스로 체온을 조절할 줄 안다.'

* 입탄리 : 강원도 평창의 오지 마을

홍어

칼날같이 앞으로 직진하는 것들 숲에서
엎드려 사는 동안 생각마저 넓적하고
보일 동 말 동 작은 눈으로 세상을 보자니
등에 핀 버섯, 아니 점점이 날카로울 이념들
비행의 꿈은 야무지고 컸지.
수압에 약점을 가진 혈통은
밑바닥을 박차고 수평선에 닿아보아야
세상이 얼마나 넓고 험한지 안다고
단단히 비행법을 전수받았건만
수평선을 향한 동작은 도도하고 우아한 춤,
그렇게 보이는 동안 물살의 애무는
백옥 같은 뱃살을 갖게 했지.
넓적한 삶에 토실한 육질은
죽어서도 몸 삭는 냄새 요란하여
독특한 신분을 알리고야 비로소 영혼을 내려놓는
밑바닥 인생의 거룩한 순직,
그의 생은 아름다웠노라고 홍어는 말한다.
홍어는 차마 홍어를 못 먹을 거라고 사람들은 말한다.

헛간

생계를 책임졌던 쟁기들이
일과 후 고달픈 몸 누이고 잠들던 곳, 선반
아래 벽에는 두루마리 멍석이 매달려 있고

옆 칸 홰에 사는 닭들도 굳이
그 구석을 파고 알을 낳아
싫어도 하루에 한 번씩 들어가던 어느 날

새끼 밴 암소 참 준다고
가져다 놓은 볏단 속에서
새빨간 쥐새끼들을 발견하고 기겁하는 순간
벌러덩 자빠지게 만들었던

감자들
쭈글쭈글 멍든 가슴 트고
탯줄 뻗어 그 끝에 잎 매달아
기어코 하늘 그리던 신념

때론 도둑고양이 툭 튀어나오고
흐린 날 두꺼비 몸 숨기고
거적문 안의 공존은 늘 파닥거렸다.

눈(雪)처럼

- 명예퇴직을 앞두고

하얗다.
눈부시다.
운동장에 넘치고도 남을 사명들이 아름답다.
눈처럼 찬란했던가,
이후 흔적 없이 사라진다 해도
그 겨울의 눈처럼 그리움은 살아 있을까
명예가 그 겨울 눈처럼 존중될까
쌓였다가 녹아서 여운을 남기는
이후 자유를 꿈꾸며 하늘로 바다로 날고 싶은
아름다운 눈,
혼신을 운동장에 뉘어놓고야 교문 밖을 본다.
근 40년 아이들과 함께 보았던
이 겨울 지나 여기 쌓인 눈 못 보아도
나의 명예는 교정 곳곳에 녹아 있기를

하얀 눈,
너의 몸에 나의 온기 뜨겁게 부어놓는다.

양지마을 우리 집, 겨울

빨간 흙 밭은 밤고구마 잘도 키워냈지
그 고구마 큰 사랑방에 발울타리 한가득 찼지
그러곤 겨우내 움퍽움퍽 줄었지
기나긴 밤, 출출한 밤
화로에서 고구마 향 달콤하게 새어 나왔지

그래도 잠 못 드는 밤이면
눈 덮인 구덩이 헤쳐 투실한 무 몇 꺼내 깎아
한 쪽씩 입에 물면 배보다 사과보다 맛있었지.
가운데 파고 세 갈래 실 꿰어
선반에 거꾸로 매달린 윗둥치 무순
쑥쑥 자라 공부방 문 위 파란 그림이었지

한길 눈 쏟아지고 추운 날에는
처마 끝 긴 고드름 탐스럽게 달렸지
두 오빠 고드름으로 칼싸움하면
언니랑 나랑 동생이랑 부러진 칼자루 빨며
툇마루에 앉아 응원하고 우애 키웠지

제일 먼저 눈 뚫린 우물길 옆
눈사람 두 팔로 썼던 작대기가
이듬해 봄 자치기 잣대로 쓰일 때까지
눈 하나 가지고도 진종일 즐거웠던
마당 넓고 양지바른 집

아버지 왕골자리 매고 엄마 양말 꿰매며
육남매 잔뼈 키워 도회로 낸
긴 겨울밤 화롯불 따스운 작은 우리 집
그 집이 가장 큰 집이었지
추워도 그 집이 가장 따뜻했지,
아버지 엄마 함께 살았던

1월

떠났던 자리
돌아온다는 소문 꽉 차 있는 거리

목말라 습기 그리운 달
수평선 막다른 곳에 생명 놓고
어디를 뚫어 빛에 다다를까,
켜켜이 밀집한 고민들 일제히
꿈틀대는 소리, 거기로 새해는 오고

내 안에 있는 부활의 씨앗들
겨울과 봄 사이
어디를 뚫어 어둠을 이길까,
허약한 심중 심히 두렵고

죄와 크고 작은 소망들 합류 중
하얀 빛, 그분의 은혜가 어디로 열릴지
나의 분주한 1월의 거리

제 5 부

행복한 병

터지고 또 터지고

터지고, 또 터지는 급박한 상황들은
어디 숨어 있다가 공격하는 것들인지

뼛속까지 멍드는 하루
교육 현장은 죽지 않을 만큼의 기력만 남고
바람만 스쳐도 따가운데
치료 방법도 모르겠다.

앞으로 가는 하루건만
내일은 또 무슨 일이 터질지
안개 속에 앉아 있는 아이들
어떻게 바로잡나, 사랑의 매는 죽은 지 오래인데

북한이,
무서워 남침을 못 한다는 중학교 2학년 중에
하루 종일 다리를 떠는 ADHD 증세의 아이가
또 어떤 행동을 할지

부다페스트의 프러포즈

동유럽 여덟 나라의 중심인물 중
사람들이 프라하, 프라하 하기에
사실 그에게는 호감이 덜 갔었다.

베를린, 브란덴부르크를 만나고
아우슈비츠 수용소, 소금광산, 크라카우를 만나고
타트라 산맥을 만났는데 다 좋았다.

그리고 만난 부다페스트,
설레고 가슴이 쿵쾅거렸다.
긴 시간 날아온 고단함 확 달아나고
드디어 찾은 이상형, 눈을 감을 수가 없었다.

세월로 다져온 외유내강
골목조차 예스러움과 현대를 겸비하고
야성적이면서도 섬세한 살결로
우람한 체구에서 우러나는 전통과 미,
가슴에 묻히면 꿈꾸던 낭만 다 이루고 남을

그런 그가 내게
조명 휘황찬란한 다뉴브 강을 선물로 프러포즈를 했다.
그 밤에 결국 난 울고 말았다.
센 강, 템스 강도 울리지 못한 나를 그가 울렸다.
멋진 야경을 어떻게 눈에 담아야 할지,
황홀경 40분, 입도 못 다물게 하고는
선착장에 훌쩍 내려놓고 그는 어둠 속에 몸을 눕혔다.

밤이 뜨거워 잠도 못 잤다.
뒤에 만난 브레드 성, 프라하도
난 이제 누구에게도 관심 없다.
그 이상의 프러포즈를 할 인물이 없는 한

낙석

통행 차단,
그러고 싶었을 거다.

폭파에 골병들고
쪼개진 뼈마디마다 고통 심했겠지.
날만 흐려도 쑤시는 게 신경통인데
폭우에 넌 더 이상 바위일 수 없었겠지.

세월만큼 영글어서
꿈, 행복 어우러진 절경(絶景)으로 섰다가
도로 뚫리고 망가진 삶,
벼르다가 용기를 냈겠지.

우르르
인간을 덮치고 싶었겠지.
인부들 며칠 치우는 동안
묵직한 반항, '바위는 죽어도 돌이다'

여전히 뚝심 살아서 빛났어.

사막의 딱정벌레

망망사해(茫茫沙海)
손톱만 한 네가
선명한 발자국을 남기더구나.
적이 오면 꽁무니 들어 악취 풍긴다지.
몇 번 쓰러뜨려도 곧장 일어서는 물구나무,
죽은 척이더구나.
다시 걷더구나.

바람 불면
푹 파묻힐지도 모르는데
두어 걸음 떨어지면 안 보일
까만 점,
걸어서 세계 속으로 가고 있어
사막이 찬란한 금빛이더구나.

대금굴

그의 모습은 날리는 눈발 속에 있었다.
전생이 광산을 캐는 사나이였을 뚝뚝한 가슴,
박동을 잠시 멈추고 열어준 심장은
호수도 만들어놓고
석순, 석주를 꽃으로 기둥으로
미물까지 키우고 있었다.
몽정도 모르는 그는 오로지 우직함으로
맑은 혈관, 건강한 심장이라야
억만년 동굴의 역사를 지킨다는 신념으로
지금도 말 한마디 없다.
사람들이 모세혈관을 자극할 때면
나가는 길로 곧장 밀어내며

'나는 아직 애기 굴'이라는
싱싱한 메시지를 던지고
설화(雪花) 속으로 가슴을 여몄다.

터미널

가방에 수많은 생각을 챙기고
여정을 향하여 떠나고 오는 플랫폼에는
시계와 더불어 행선지가 꼽힌 버스가 있고
표류하는 상념들이 있다.
거기, 목표는 의자가 꺼지도록 튼실하고
희망을 안은 행보는 소리 요란하고
노숙은 고단하여 술 없이는 제정신이 아니다.
쉼 없이 드나드는 꽉 찬 일정이지만
결국 텅 비는 홀가분한 자리,
가슴이다.

낙타

푸른 초원에 산다 해도 사막을 그리며 살겠지.
양식을 등에 저장하는 태생이기에
사막에서의 행보를 당연히 갈망하겠지.

사막 한가운데 고속도로가 난 후
관광객이나 등에 지고 껌벅껌벅 생각을 곱씹으니
어머니 아버지가 그립고 눈물 고이지.
도시의 영(靈)에 묶인 사람이 그런 것처럼

마음이 뜬구름 같고 진정 본성이 그리워질 때
낙타는 모래사막을 걸어야 아름다운 그림인 거지.

뒤뜰

감히 함부로
내보일 수 없는
그러나 종부(宗婦)의 손길 닿은 자리
정갈한 세월 자분자분,
가문의 뚝심 언뜻언뜻
담 밖으로 빛난다.

나를 쫓는 그놈

푸른 하늘도 쫓는다.
그놈 때문에 아침이면 불안하고 초조하다.
이따금 꿈에도 나타나 진땀나게 한다.
생각해보니 그놈에게
소중했던 꿈도 쫓기고 때론 목이 졸려
피눈물 같은 시절도 있었다.
돌아보니 그놈이 더 바짝 따라붙어
헉헉대던 청춘의 숨 자국은 골이 지고
주름처럼 온몸을 휘감고 있다.
숨도 가쁜데 물러설 줄 모르는
수천수만 이빨의 호랑이 같은 놈은
보이지 않으니 총을 겨눌 수도 없다.
무섭다.
그놈을 와락 끌어안고
징그럽게 사랑했노라고 외치면
노력과 행적과 업적과 유산을
'허무'라고 조롱할 그놈을
세월아, 어디 좀 가두어주면 좋겠다.
오늘도 그놈이
내 미완성 시를 끈질기게 잡고 있다.

갠지스의 극락왕생

극락은
갠지스 강 한 뼘 위에 있는데
맨발의 생명줄 끌로 소똥 질펀한 길을 걷자니
깊고도 슬픈 눈 얼마나 고단했던가

이글이글 치솟는 이생의 폭은 넓기만 하고
불더미 속 몸부림 오래 요동치고야
수없는 목욕재계로 꿈꾸던 해탈
어랑어랑 강물에 어우러진다.

나지막이 다가온 보름달은
영혼 거두는 솜씨 능란하고, 눈시울 붉고
비로소 달을 딛고 떠나는 영생의 길에
고결한 춤사위로 달무리 부여잡고 맴도는 영혼

훠이훠이
하늘로, 하늘로 오르고
평안은 자근자근 강물에 내려앉아 흐르고

백수의 낭만

전철에 오르는 순간
선글라스 위로 희끗희끗
머리카락이 곤두선 사람과 눈이 맞았다.

점점 배가 불러온다.
청량리에서 불쑥, 왕십리에서 불쑥
옥수역에서 진통이 온다.

예쁘고 토실한, 빨간 사과를 낳았다.
중앙선은 떠나고
3호선을 갈아타러 간다.

빨간 사과의 동생을 위하여

모닥불

꺼지지 않는다.
절대 재를 남기지 않는다.
남다른 불꽃은
시간이 지날수록 아름답게 빛난다.
더러는 혼자 느낌에 울고
더러는 같은 느낌에 좋고
모닥불 피워놓고 사람은 갔어도
불 꺼졌다고 말하지 마라.
만났던 자리에 가면
모닥불도 있고 여전히 그 사람도 있더라.
사는 이유가 되는 모닥불은 끄지 마라.
꺼지면 죽을 것 같은 인연은
죽지 않으면 꺼지지 않는다.
남는다. 영원할 만한 사랑으로

꽃 같은 소녀를 어쩌나

오직 한 사람, 임이 오기를 기다리며
아리랑 가락에 어깨춤 추며 고개 넘던
단발머리 고운 얼굴 꽃 같은 소녀가
설레는 마음 그만 놓고 말았네, 어쩌나
꼭꼭 여민 옷고름 힘없이 풀렸네, 어쩌나
나쁜 놈들, 나쁜 놈들 뇌고 뇌던 말이
목을 넘어 한이 되었네, 소녀를 어쩌나
꽃 같은 나이에 묻어둔 아리랑 고개 사랑
남은 세월에 아리랑, 아리랑 넘고 싶은데
녹슬고 아픈 자리 박혀버린 위안부란 말
독이 되어 가슴 아리다네, 소녀를 어쩌나
촛불로 태워질까, 그림이면 풀어질까
떨리고 힘없는 손에 남은 소망 단 한 가지
죽기 전에 듣고 싶은 '잘못했다' 사죄의 말
일본군아 어쩔 거냐, 이 소녀를 어쩌나

연어를 닮은

만남의 심장은 다리 가운데 있다.
복잡했던 낮의 무게 바쁘게 털어내고
밤으로 가는 시간이 파르스름한 얼굴빛으로
가볍게 들고 있는 다리, 가운데 서면
만남의 이력들 곤두서고
강물에는 연어처럼 파닥이는 사랑이 있다.
물길 거스르다 폭포를 만난 듯
눈부신 물줄기로 막 켜진 가로등을 뛰어오르는 사랑이다.
숨겨두었건만 가슴을 뛰쳐나온 그리움
사랑을 만나 시간의 폭 넓히느라 안간힘을 쓰는 순간,
못다 한 인연이 시간 속에 갇히면 눈부시게 아름다운 법.
추억은 건널목의 중심, 다리 가운데 멈추고
아픔은 어느새 말초신경을 휘돌아
훌쩍훌쩍 강물에 뛰어내리고 있다.
그대와 나, 만남의 심장은
다리가 흔들릴 만큼 쿵쾅쿵쾅 뛰고 있었다.

봤다, 그리고

님아 그 강을 건너지 마오
국제시장
허삼관
세시봉

대한민국 혈관이 몸살이다
역사의 저편 생존의 흑백 그림자 속
숨 막히는 부흥의 물결을
타고 흘러 여기까지 온 미세혈관까지

아파도 그리워 좋은
아픈 기억이 아름다워 이제 눈물인
선명한 얼룩이 위대하게 이어져
아리랑 나무의 뿌리로 내리는

사랑
이별
전쟁
음악

……대한민국의 혈관은 역시 뜨거워

언브로큰도 봤다
일본이 패망했다

그리고
대한민국은 2015년에 건재하다
배부름에 겨운 내가
세시봉 시대가 그리워 울 줄도 안다.

엄마 사용료

돈을 드려도 관심이 없다.
지갑은 보지도 않으신다.
평생 깔끔하게, 맑은 정신으로
꼭두새벽에 세수하고 머리 빗는 엄마가
아흔아홉이라는 이유로 돈이 무용지물이다.
기저귀 갈자면 중요한 부분 두 손으로 가만히 가리고
부끄러워 얼굴 돌리고 옆으로 눕는
우리 엄마가
단지 아흔아홉이라는 이유로
기력이 쇠하여 화장실에 가다가 오줌을 지린다.
61년 동안 엄마를 썼는데
이제 기저귀 사드리는 것으로 사용료를 지불한다.
지리면서도 화장실 꼭 다녀오는 아흔아홉 엄마가
기저귀는 옷장에 잘 넣어두란다.
그렇게라도 엄마 사용료를 지불할 수 있어 행복한데
하나님도 못 꺼내가게
우리 엄마 꼭 가두어두었으면 좋겠는데
그럴 수 없어 눈만 뜨면 걱정이다.

행복한 병

이름을 새로 지었지.
사모(思慕)의 언덕이라고

그 저녁 설렘 자욱한 기슭에서
꽉 박혀버린 언어 하나
사리처럼 그 하나가 있어

세상을 버틴다.
여전히 뜨겁고 소름 돋고
눈물겹도록 행복하다.

여생을 바래줄 언어 하나,
'사랑한다.'
어깨 뒤로 얹어주는
소득에 날마다 일어난다.

작품 해설

■ 작품 해설

낭만적 사랑에로의 회귀

이 성 천

1.

이복자 시인의 새 시집 『그가 내 시를 읽는다』를 찬찬히 읽다 보면, 전체 시편들을 관통하는 하나의 상징 시어를 어렵지 않게 적출해낼 수 있다. 시인의 내면 가장 깊숙한 곳에 "꽉 박혀버린 언어 하나", 현재 이복자의 시세계에서 "사리처럼" 기능하며 "여생을 바래줄 언어 하나"(이상 「행복한 병」), 바로 사랑이다. 실제로 시집의 전반에는 시적 화자의 "오래된 사랑"(「허공」), "고립된 짝사랑"(「그해 여름」), "감정의 중심에 있는 사랑"(「섬 같은」), "지순한 사랑"(「들국화」), "애틋한 사랑"(「찌개」), "허기진 사랑"(「낙조 마을 사랑법 2」), "슬픈 사랑"(「소리탑은 그림자가 없다」), "곧은 심지로 알몸 되는 깊은 사랑"(「배비장」) 등 다채로운 사랑의 자취가 스며 있다. 뿐만 아니라 "버릇없고 철없는 사랑"(「4월의 어느 의자」)은 물론 서정적 주체의 "어설프게 사랑한"(「2014년 9월 25일, JSA

헌병에게」) 흔적들마저도 공존한다. 금번 이복자의 시집(시인이 의도했든 그렇지 않든, 사랑이라는 단어는 50여 회 이상 등장한다)에는 이처럼 "값을 매길 수 없는 사랑"이 "듬뿍"(「왕십리의 한 가을 철로」) 담겨 있다. 이번에 시인은 각양각색의 '사랑들'을 총망라하여 그 "숙성된 사랑의 진수"(「찌개」)를 독자에게 선보이고 있는 것이다.

　이런 측면에서 『그가 내 시를 읽는다』는 일견 현대 한국 사랑시의 한 계보로 분류될 법하다. 무엇보다도 새 시집에서 사랑의 정서는 이복자 시세계의 전반을 감싸 안는 두터운 외피이자 시정신의 핵심 요소로 작용하는 까닭이다. 한 가지 유의할 점은, 그렇다고 해서 이복자의 이른바 '사랑시'가 전통적 그것의 기율을 시종일관 답습하는 것은 아니라는 사실이다. 다시 말해 이복자의 사랑시는 연인들 사이의 원초적 감정을 직접적으로 그려내는 일에 치중한다거나, 인간 존재들 간의 사랑만을 대상으로 하지 않는다. 오히려 그의 시에서 사랑은 자주, 자연 대상물을 비롯한 우주적 존재에로 거침없이 방사(放射)된다. 아울러 그의 사랑시편들은 궁극에는 인생의 보편적 진리와 삶의 참된 이치를 깨닫게 하는 계기로 작용한다. 이즈음 시인에게 사랑은 그 자체가 삶의 생래적 에너지이자 세계의 존재 방식을 온전하게 이해하는 방법론적 척도로 인식되고 있는 것이다. 따라서 이복자의 시세계에 '부지기수'의 사랑이 부유(浮游)하고 있다는 사실은, 곧 그의 시가 변함없이 인간과 자연과 세계의 본성을 진지하게 성찰하고 있다는 것을 의미한다. "자월도 기행"(「봄바람」)에서 "갠지스 강"(「갠지스의 극락왕생」)을 거쳐 "부다페스트"(「부다페스트의 프러

포즈」)에 이르는 그의 여행시편들이, 시간을 거슬러 풍요로
운 유년지대를 거침없이 횡단하는 그의 시적 행보가, 또한 가
슴 먹먹해지는 절실한 그리움을 동반한 시인의 사랑시가 근거
없는 초월과 감상적 낭만의 세계로 무기력하게 빠져들지 않는
원인도 이러한 사정과 무관하지 않다.

2.

이복자의 사랑이 현실 문법의 제약을 넘어 자연 생명체와
사물들에 이르기까지 포섭 대상을 확장하고 있다는 점, 이런
그의 시가 마침내는 고유한 삶의 원리와 세계의 본질을 드러
내는 데 일조하고 있다는 사실은 시사하는 바가 크다. 왜냐하
면 이 점이야말로 현 단계 시인의 사유 과정과 정서 체계를
보여주는 결정적인 단초로 여겨지기 때문이다. 동시에 이 지
점은 자칫 평면적으로 보일 수 있는 이복자의 사랑시가 입체
적 국면으로 진입하는 소중한 순간이기도 하다.

여기서 먼저 "사랑시"(사랑＋시)에 관한 시인의 단상을 기
록한 시 한편을 꺼내 읽도록 하자.

코스모스 웃음이 예쁜 곳으로,
뭐 이런 것을 노래하려고
머리 아프게 언어를 조탁하지는 않는다.
적어도 시는

그가 나의 색깔을 짚어내고
풀벌레 소리에 홀로 나서
사랑바라기꽃 한 송이 가을 중에 여전하구나,

알아야 내가 있고 그가 있고……

그리움 따박따박 딛고 오는 사람
문 열고 나선다 해도 쉬 맞이하기는 싫은
고운 종이에 함께 디딘 걸음, 사랑시는
조신한 마음으로 꼭꼭 빚어 바치는 꽃이므로
그가 고이 간직할 언어들

시에 들어와 사랑바라기꽃을 뽑아 든 손,
떨리고 설레는 그를 위해 시를 쓴다.
더욱이 깊어가는 가을에
그가 내 안에 꼭 있어야 하는 이유를 쓴 시는

내가 아픈 만큼 그도 아파야……
　　　　　—「그가 내 시를 읽는다—사랑바라기꽃」부분

　표제작인 인용시는 '사랑＋시'에 대한 시인의 생각이 비교
적 직접적으로 명시되어 있다는 점에서 주목을 요한다. 작품
의 표면에 드러난 시인의 생각이란 가령 이런 것이다. "적어
도 시는" 대상 세계의 부분적 요소와 현상적 장면들, "뭐 이
런 것을 노래하려고" 쓰지 않는다는 것, 특히 "사랑시는/조신
한 마음으로 꼭꼭 빚어 바치는 꽃이므로/그가 고이 간직할 언
어들"이라는 대목이 여기에 해당한다. 사실 시가 세계상의 기
원과 본질을 포착하는 마음의 작업이라는 시인의 기본적 견해
는 이번 시집의 요소요소에서 빈번하게 발견된다. 예를 들면
시 창작 과정에서 서정적 주체의 "불안한" 심리를 조심스럽게
묘사한 「시와 시인」, "명화(名畵)에 사람은 없었다"라고 선언

함으로써 "야생"의 자연 상태에 대한 인간의 무분별한 해석과 섣부른 개입을 우회적으로 경계한 「선유도의 야생화(野生畵)」, "아름다움이란 날마다 이어지는 삶" 그 자체라는 생의 원리를 예리하게 통찰해낸 「가을 길」 등의 시편들은 이 부근에서 쉽게 떠올릴 수 있다. 거듭 강조하는바, 이복자에게 시는 대상의 본질을 읽어내는 마음의 작업인 것이다. 더욱이 그 대상이 사랑일 경우, 거기에는 당사자들의 "조신한 마음"의 상태가 결부될 수밖에 없다. 그리움, 간절함, 배려와 이해, 설렘과 아픔 등등의 복합적 정서가 배출해낸 그 "조신한 마음" 말이다.

하지만 이 같은 발언들은 다소 추상적으로 들릴 수 있다. "사랑시는"을 주어로 삼은 시구의 전언은 표층적 차원에서 견인된 다소 밋밋한 의미의 발현에 불과하다. 그보다도 "사랑시"에 관한 보다 구체적인 시인의 단상은 저 규정적 문맥의 전후에 배치된 화자의 나직한 읊조림과 차분한 고백에서 따로 들을 수 있다. 그리고 그것은 사랑시란 "그"와 "내"가 "고운 종이에 함께 디딘 걸음"이라는 것, 그러기에 "내가 아픈 만큼 그도 아파야" 진정한 사랑을 꽃피울 수 있다는 내용으로 정리된다. 덧붙이면 "그가 나의 색깔을 짚어내고" "사랑바라기꽃 한 송이"가 "여전"함을 "알아야" 비로소 "나"와 "그"의 사랑이 실현될 수 있다는 이야기이다.

사랑하는 주체와 객체의 마음 상태가 부합할 때, 아픔마저도 공유하며 각자의 "색깔"(본질)을 "알아"가고 "함께" 인정할 때, 사랑(시)이 존재("내가 있고 그가 있고")할 수 있다는 정보야말로 「그가 내 시를 읽는다」의 참 주제이다. 마찬가지로 상호간의 배려와 예의와 신뢰가 필연적으로 동반될 때, 비로소 "사랑바라기꽃"이 피어난다는 사실을 인지하는 행위는 이복자 시의 숨겨진 문맥을 읽어내는 제대로 된 독법이다.

혹 의미를 확장해서, 이렇게 말해보아도 좋겠다. 시인의 사랑은 동일자와 타자의 진정한 소통과 교감 속에서 생성된다. 그 타자의 정체가 비록 '사람'이 아닐지라도 말이다. 한 예로 "들국화"라는 시적 질료를 특유의 의인화법을 통해 인간과 자연의 존재론적 일체감을 확보한 작품, 즉 과거와 현재의 중층적 시간 속에 시적 제재를 투사하고 오버랩함으로써 '사람'과 "가을 사람"(자연)의 경계를 무화시킨 「들국화」처럼 말이다. 이번 시집에서 「4월의 어느 의자」, 「수종사 5층 석탑」, 「이젠 마음 놓고 오세요」, 「왕십리의 한 가을 철로」, 「가을비」, 「달맞이 연가」, 「소리탑은 그림자가 없다」 등과 더불어 단연 돋보이는 이 시는 서정적 주체와 시적 대상물 사이의 무한한 소통 가능성을 여지없이 개방함으로써, 이복자가 의도하는 사랑의 한 면모를 입체적으로 마련한다는 점에서 자못 흥미롭다.

고즈넉이 사랑 머금고
슬픈 속내 보랏빛 눈망울로
눈길 끄는 가을 사람아

거기, 낙엽 밟는 소리조차
사박사박 심장의 박동으로 공유했던
아름다운 나들목, 언덕배기는
지순한 사랑의 종점이었지.

그 사랑처럼 가까이

감히 귓불 당겨 입 맞추고
잊지 못했노라, 눈물 푹 쏟아낸 후

이젠 잊고 살겠노라
멀리, 멀리 손 흔들어
다시 이별하고 싶은 사람아, 사람아

— 「들국화」 전문

3.

그렇다면 이복자의 시가 일상의 시공간을 벗어나서 자연 사물들과 보다 적극적으로 대면할 때 드러나는 사랑의 진면목은 무엇인가. 대자연에서 시인의 사랑은 어떠한 형식으로 변주되는가.

사랑했었네!
몇십 년 지나 남양주로 살러 온 날
아파트에서 멀리 보이는 그가, 글쎄
아침 일찍 구름 폭포를 만들어
온몸으로 보여주는 멋진 그를 본 내가
비로소 애인인 줄 알았네, 물끄러미

농익은 사랑으로
그의 가슴을 다시 파고들었을 땐
싱싱한 뜨거움에 숨 쉬기도 벅찬 하루였음을
살며시 고백했네, 그 후로는
자주 당신의 심장 소리 듣기 원하는 나를

여전히 사랑하네!

—「천마산이 나를」부분

여기, 하나의 사랑이 있다. 예의 의인화법이 '주선'한 "천마
산"과 시적 화자인 "나"의 사랑이다. 이 시를 두고 제작 동기
를 파악하는 것은 전혀 어려운 일이 아니다. 화자와 "천마산"
의 상상적 교감이 절정에 이르렀다는 것, 그 교감은 과거("사
랑했었네!")에서 현재("여전히 사랑하네!")까지 지속되고 있
으며, 그것을 지금 시인은 '사랑'으로 부르고자 하는 것이다.
앞서의 시「들국화」와 차이가 있다면, 이전 작품이 '들국화'
의 존재를 철저히 은폐(눈 밝은 독자는 진즉에 알아차렸겠지
만 「들국화」의 내부에는 '들국화'가 없다)시키며 숨김의 미학
을 향유하고 있는 데 비해, 인용시는 작품의 전면에 "천마산"
의 생기 있는 모습을 다양한 이미지를 차용하여 장황하게 부
려놓고 있다는 사실이다. "푸른 가슴"과 "풋풋한 총각 냄새"
및 "싱싱한 뜨거움" 등 빛나는 시청각적 이미지와 촉각 심상
은 바로 그 구체적 실체들이다.

이렇게 보면 인용시의 사랑이란 자연의 본성에 대한 철저한
자각과 그것의 신뢰에서 발원하는 것임을 알 수 있다. 작품에
서 "농익은 사랑"은 점차적으로 자연에 동화되어가는 시인 마
음의 메타포에 다름 아니다. "그의 가슴 다시 파고들었을 때",
"숨 쉬기도 벅찬 하루", "자주 당신의 심장 소리 듣기 원하는
나"의 시구들은 이 과정의 진행을 밀도 있게 형상화한다.

한편, 추론하건대 이복자 시인이 개발 문명의 논리가 전일
적으로 지배하는, 그리하여 인간 대 자연이라는 이분법적 사

유가 고착화된 오늘날의 상황에서 사랑의 이름으로 자연의 본래적 이미지를 적극적으로 호출하는 데에는 그만한 이유가 있을 것이다. 자연에 대한, 자연의 본원적 의미에 대한 유연한 기억의 환기야말로 "팍팍한 삶"(「커피 타임」)과 왜곡된 도시 문명의 논리에 길들여진 일상인들의 사유를 자극하는 분명한 계기가 될 것으로 판단하는 것이다. 마치 낙타가 "마음이 뜬 구름 같고 진정 본성이 그리워질 때" "푸른 초원에 산다 해도 사막을 그리며"(「낙타」) 살아가듯이. 이 점은 근자에 그의 대다수 시편들이 자연과 마주하며 반성과 자책의 정서를 풀어놓는 궁극적인 이유기도 하다. 그래서 시인은 지금 이 순간에도 사랑의 정서를 경유하여 자연을 바라보고, 자연에서 배우며 여전히 자연과 함께 호흡하고 있는 것이다.

사람이라고 다를 게 뭐 있나
어둡기 전 수런수런 오늘을 갈무리하고
서둘러 끌어안는 오늘 사랑들

구름과 바다의 사랑도 저리 좋은데
바다가 해를 꽉 끌어안듯 사랑이 꼭 뜨거워야 하는지는
다시 와 낙조를 봐야 안다고

장화리 할아버지
"오늘은 낙조 보기 틀렸어!"
해 없는 수더분한 사랑을 덤덤히 만끽한 후
사랑의 참맛을 모르는 사람들만 남기고 갔다.

도시 사람이라고 다를 게 뭐 있나
허기진 사랑 다시 저녁 하늘에 걸어두고
돌아가는 장화리, 캄캄한 길에 가로등 켜더니
버스 정류장에 맴을 돌린다. 낙조 보러 또 올 거냐고

해안의 삼라만상이 연출하는
장화리 사랑법, 할 말이 참 많나 보다.
　　　　　—「낙조 마을 사랑법 2—강화도 장화리에서」 전문

　다시, 여기 두 개의 사랑이 있다. 굳이 명명하자면 "오늘 사
랑들"과 "구름과 바다의 사랑"이다. "서둘러 끌어안는" 사랑
과 "수더분한 사랑"으로 나누어도 무방하다. 또 "도시 사람"
의 "허기진 사랑"과 "낙조 마을" "해안의 삼라만상이 연출하
는" 사랑이라고 해도 괜찮겠다. 그러나 작품에서 이미 고지되
었듯이 둘의 '사랑법'은 전혀 다르다. 서로 모순된다. 그리고
이 모순의 편차는 "사랑의 참맛"의 인지 감각 여부에 달려 있
다. 물론 이 시에서 "사랑의 참맛"은 "도시 사람" 쪽이 아닌
후자가 보유하고 있다. 당연하게도 이 "사랑의 참맛"이란 대
자연의 순환론적 질서를 겸허하게 수용하는 사람, 혹은 "탁한
영혼에 소름 끼치도록 스며드는 생기"(「봄바람」)를 "담담히"
자각할 줄 아는 존재만이 느끼는 까닭이다. 결국 이 시 역시도
사랑의 이름으로 참된 삶의 의미와 우주적 순환율의 고유 원
리를 집도하고 있는 것이다.
　기실 보편적 삶의 진실을 자연이라는 광범위한 세계와 결부
시켜 구체적으로 이해하는 단계의 시 쓰기란 고도의 훈련과 달
관 없이는 이루어지기 힘든 작업이다. 분명 근자에 자연을 대

상으로 한 많은 시편들은 자연 상실의 불안감을 단순히 자연 예찬이라는 고전적 방법으로 뒤틀리게 표출한다든지, 또는 인간의 자연 지배를 정당화화는 논리의 연장선상에서 자연 생명체를 '배려'하는 시적 경향을 노출하고 있다. 그러나 이복자의 경우에는 자연에 의탁하면서도 현재적 삶의 양태를 직시한다는 점에서 기존의 시들과 구분된다. 이 사정은 자연을 쉴 새 없이 거니는 그의 적지 않은 기행시편들과 도시적 일상시로 취급되면서도 자연 사물을 소묘한 작품의 경우에도 예외가 아니다. 결과적으로 자연과의 상상적 교감을 통한 시인의 사랑, 혹 시적 구애의 표현은 이 시인에게 세계의 정당한 존재 방식과 생의 고유한 이치를 깨닫기 위한 방법적 선택이었던 셈이다.

4.

새 시집은 제5부를 제외하면 각각 사계(四季)의 시간적 분절에 의해 구성되었다. 「봄바람」, 「4월의 어느 의자」를 앞세운 제1부가 그러하고, 제2부의 「그해 여름」, 「양지마을 우리 집, 여름」이 그러하거니와, 제3부의 「왕십리의 한 가을 철로」, 「가을 길」, 「가을비」, 「유리벽 밖의 투명인간」 및 제4부에 배치된 「겨울 밤」, 「겨울 바닷가」 등의 시가 이 사실을 입증한다. 그럼에도 수록 작품들은 대개가 내용과 형식의 측면에서 모종의 친연성을 보여준다. 여행지의 풍경을 시인의 내면으로 이전시켜 그리움과 외로움, 고독과 슬픔의 '낭만적' 정서로 채색하는 시적 경향이 그러하고, 과거 시간의 재구성을 통해 추억의 현재적 의미를 추출하고 탐색하는 '낭만적' 시도들이 그러하다. 특별하게는 가스통 바슐라르가 지상 최대의 풍경이라고 지칭

한 유년 시절의 연작시 「양지마을 우리 집」의 '낭만적' 분위기도 예외가 아니다.

이렇게 볼진대, 이복자 시인은 낭만주의자로 규정될 법하다. 맞는 말이다. 하지만 분명한 사실은 그의 시의 낭만주의적 성격은 위에 언급된 몇몇 낭만적 징후들 때문만이 아니라는 점이다. 그보다는 이제까지 시인이 수행한 글쓰기 방식, 즉 시적 사유와 밀접한 연관이 있다. 애초에 문학의 낭만이란, 낭만적 정신이란 무엇이던가. 그것은 글 쓰는 주체 스스로가 자신의 근원으로 되돌아가려는 예술의 고유한 회귀 정신이 아니던가. 따라서 이복자 시세계의 낭만적 경향은 자기 자신의 기원을 부단히 탐색하고 세계의 본성을 회복하려는 시적 의지, 그녀의 '낭만적 사랑에의 회귀' 정신에서 찾아져야 하는 것이다.

李星天 | 문학평론가

푸른시인선 003

그가 내 시를 읽는다

초판 인쇄 · 2016년 1월 30일
초판 발행 · 2016년 2월 5일

지은이 · 이복자
펴낸이 · 한봉숙
펴낸곳 · 푸른사상사

편집 · 지순이, 김선도 | 교정 · 김수란
등록 · 1999년 7월 8일 제2-2876호
주소 · 서울시 중구 충무로 29(초동) 아시아미디어타워 502호
대표전화 · 02) 2268-8706(7) | 팩시밀리 · 02) 2268-8708
이메일 · prun21c@hanmail.net / prunsasang@naver.com
홈페이지 · http://www.prun21c.com

ⓒ 이복자, 2016

ISBN 979-11-308-0604-4 03810

값 8,800원

☞저자와의 합의에 의해 인지는 생략합니다.
 이 도서의 전부 또는 일부 내용을 재사용하려면 사전에 저작권자와 푸른사상사의
 서면에 의한 동의를 받아야 합니다.
 이 도서의 국립중앙도서관 출판예정도서목록(CIP)은 서지정보유통지원시스템 홈페이지
 (http://seoji.nl.go.kr)와 국가자료공동목록시스템(http://www.nl.go.kr/kolisnet)에서 이용
 하실 수 있습니다. (CIP제어번호 : CIP2016002448)

푸른
시인선
003

그가 내 시를 읽는다

이복자 시집